AF363776

VENTE

du Vendredi 6 Mars 1914

HOTEL DROUOT, SALLE N° 1

A 2 HEURES

MEUBLES

Anciens et Modernes

OBJETS D'ART

TABLEAUX ANCIENS

COMMISSAIRE-PRISEUR

Me Robert BIGNON

EXPERT POUR LES TABLEAUX

M. F. MARBOUTIN

IMPRIMERIE
C. CHAUFOUR
6-8, RUE MILTON
PARIS

CATALOGUE

DES

OBJETS D'ART & D'AMEUBLEMENT

Anciens et Modernes

MEUBLES ET SIÈGES

d'Epoques Louis XV et Louis XVI

BRONZES — PENDULES — FLAMBEAUX

Faïences et Porcelaines

TAPIS D'AUBUSSON

TABLEAUX ANCIENS

des Ecoles Anglaise, Flamande, Française et Italienne

DES XVIe, XVIIe & XVIIIe SIÈCLES

GRAVURES - MINIATURES

CADRES

DONT LA VENTE AURA LIEU A PARIS

HOTEL DROUOT — SALLE N° I

Le Vendredi 6 Mars 1914

A DEUX HEURES

COMMISSAIRE-PRISEUR	EXPERT POUR LES TABLEAUX
Mᵉ Robert BIGNON	**M. F. MARBOUTIN**
41, Rue de la Victoire	2, Rue de Marseille

EXPOSITION PUBLIQUE

Le Jeudi 5 Mars 1914, de deux heures à six heures

CONDITIONS DE LA VENTE

Elle sera faite au comptant.

Les acquéreurs payeront *dix pour cent* en sus des enchères.

DÉSIGNATION

TABLEAUX ANCIENS

ÉCOLE ANGLAISE

1 — Portrait de jeune femme.

Toile. Haut. : 0m75; Larg.: 0m63.

ÉCOLE FLAMANDE XVIIe SIÈCLE

2 — Paysage animé de personnages.

Panneau. Haut. : 0m36; Larg. : 0m35.

ÉCOLE FRANÇAISE XVIIe SIÈCLE

3 — Saint-Michel terrassant le démon.

Esquisse sur carton. Haut. : 0m26; Larg.: 0m18.

ÉCOLE FRANÇAISE XVIIe SIECLE

4 — Ruines avec personnages.

Toile. Haut. : 0m58; Larg. : 0m44.

ÉCOLE FRANÇAISE XVIIIe SIECLE

5 — Portrait d'homme.

Toile. Haut. : 0m64 ; Larg. : 0m48.

ÉCOLE FRANÇAISE XVIIIe SIECLE

6 — Portrait de femme.

Cadre ancien bois sculpté.
Toile. Haut. : 0m81 ; Larg. : 0m55.

ÉCOLE FRANÇAISE XVIIIᵉ SIECLE

7 — Allégorie.

Toile.   Haut. : 0ᵐ42; Larg. : 0ᵐ33.

ÉCOLE FRANÇAISE XVIIIᵉ SIECLE

8 — Paysage avec cours d'eau.

Toile.   Haut. : 0ᵐ20; Larg. : 0ᵐ26.

ECOLE FRANÇAISE XVIIIᵉ SIECLE

9 — Portrait d'homme.

Toile de forme ovale.   Haut. : 0ᵐ64; Larg. : 0ᵐ50.

ECOLE FRANÇAISE XVIIIᵉ SIECLE

10 — Incendie d'une ville.

Toile.   Haut. : 0ᵐ18; Larg. : 0ᵐ25.

ECOLE FRANÇAISE XVIᵉ SIECLE

11 — Portrait de femme.

Toile.   Haut. : 0ᵐ73; Larg. : 0ᵐ54.

ECOLE DE FONTAINEBLEAU

12 — Vénus et Amours.

Panneau.   Haut. : 0ᵐ87; Larg. : 1ᵐ16.

ECOLE FRANÇAISE (Commencement du xixᵉ Siècle)

13 — L'Adoration des bergers.

Toile.   Haut. : 0ᵐ56; Larg. : 0ᵐ47.

ÉCOLE HOLLANDAISE XVIIᵉ SIECLE

14 — Poissons et accessoires.

Toile.   Haut. : 1ᵐ05; Larg. : 1ᵐ26.

ECOLE HOLLANDAISE XVIIᵉ SIECLE

15 — La marchande de légumes.

Toile.   Haut. : 0ᵐ49; Larg. : 0ᵐ39.

ÉCOLE HOLLANDAISE XVIIIe SIECLE

16 — **Portrait d'un officier.**
Toile.   Haut. : o^m81 ; Larg. : o^m60.

ÉCOLE ITALIENNE XVIe SIECLE

17 — **Vierge glorieuse.**
Panneau de forme circulaire.   Diam. : o^m75.

ÉCOLE ITALIENNE XVIe SIECLE

18 — **La Vierge et l'Enfant entourés de saints.**
Panneau de forme circulaire.   Diam. : o^m75.

ÉCOLE ITALIENNE XVIIe SIECLE

19 — **Le Christ et la Madeleine.**
Toile.   Haut. : o^m73 ; Larg. : o^m60.

ÉCOLE ITALIENNE

20 — **Paysage accidenté animé de personnages et animaux.**
Cadre bois sculpté.
Toile.   Haut. : o^m73 ; Larg. : o^m98.

ANGERMEYER (A.)

21 — **Nature morte.**
Toile marouflé sur panneau.   Haut. : o^m58 ; Larg. : o^m42.

BALEN (Attribué à Van)

22 — **La Vierge et l'Enfant.**
Panneau.   Haut. : o^m32 ; Larg. : o^m24.

BALEN (Attribué à Van)

23 — **Sainte Geneviève.**
Panneau.   Haut. : o^m61 ; Larg. : o^m47.

BEAUBRUN (Attribué à L.)

24 — **Portrait de femme.**
Panneau.   Haut. : o^m35 ; Larg. : o^m30.

BELLOTTO (Attribué à)

25 — **Intérieur d'église.**
Toile.   Haut. : o^m73 ; Larg. : o^m50.

CORRÈGE (Ecole du)

26 — L'Amour endormi.

Toile.   Haut. : 1m05; Larg. : 1m35.

COYPEL (Attribué à)

27 — Le Triomphe de la Beauté.

Tandis que peintres, sculpteurs, graveurs, poètes. musiciens, muses. célèbrent à l'envi la Beauté et par leurs œuvres lui apportent le tribut de leurs hommages, le Temps, inexorable, s'efforce au contraire de la détruire et d'en faire disparaître jusqu'aux moindres traces.
Cadre ancien en bois sculpté.
Toile   Haut. : 0m80; Larg. : 1m.

COYPEL (Ecole de)

28 — Le Sommeil de Bacchus.

Toile.   ◂   Haut. : 0m46; Larg. : 0m37.

DEMAY

29 — Le Moulin.

Toile.   Haut.: 0m24; Larg. : 0m33.

LAGRÉNÉE (Attribué à)

30 — Allégorie.

Papier marouflé sur toile.   Haut. : 0m40; Larg. : 0m28

LINGELBACH (Attribué à)

31 — Port en Italie animé de personnages.

Toile.   Haut.: 0m33; Larg.: 0m45.

PALMIERI (J.)

32 — Chevaux en liberté.

Aquarelle.   Haut. : 0m45. Larg. : 0m68.

PRUD'HON (École de)

33 — Allégorie.

Panneau.   Haut. : 0m26 ; Larg. : 0m21.

DYCK (École de Van)

34 — La Vierge et l'Enfant.

Toile.   Haut.: 1m25; Larg.: 0m94.

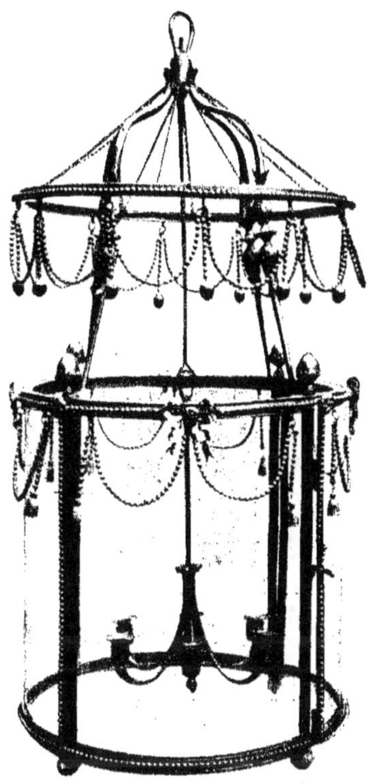

N° 60

N° 124

AQUARELLES, GRAVURES
MINIATURES, CADRES

35 — Lot de gravures en noir et en couleurs.

36 — Deux aquarelles: natures mortes.

37 à 39 — Trois bonbonnières avec miniatures.

40 à 47 — Sous ce numéro, environ quinze boîtes et
miniatures diverses.
Sera divisé.

48 — Six gravures encadrées : Scènes de l'Enfant pro-
digue.

49 — Deux scènes brodées sur soie : Printemps et Eté.

5o — Gravure anglaise : Jeu d'enfant.

51 — Deux gravures en noir : Amitié et Désaccord.

52 à 58 — Sous ce numéro, vingt pièces : tableaux, gravures, cadres Louis XV et Louis XVI en bois sculpté
et doré.
Sera divisé.

OBJETS D'ART, BRONZES
FAIENCES, PORCELAINES, TAPIS

59 — Pendule Louis XIV en marqueterie d'écaille et de
cuivre ornée de bronzes, le haut surmonté d'un coq.

6o — Grande lanterne de vestibule en bronze doré à décor
de guirlandes et perles. Epoque Louis XVI.
(*Voir Reproduction.*)
Haut.: 1ᵐ; Diam.: 0ᵐ5o.

61 — Pendule Empire en bronze doré.

62 — Aiguière en cuivre.

63 — Deux vases Empire en faïence.

64 — Deux sujets galants en faïence polychrome.

65 — Brûle-parfums en bronze. Epoque Empire.

66 — Statuette en cuivre : Bacchus.

67 — Deux chandeliers Empire en bronze.

68 — Samovar Louis XVI en cuivre.

69 — Lot de carreaux en ancienne faïence de Delft.

70 — Deux chandeliers en cuivre.

71 — Un plat en faience de Delft polychrome.

72 — Bassinoire en cuivre.

73 — Dix assiettes en porcelaine de Chine à décor bleu.

74 — Vierge en bois.

75 — Deux cafetières en étain.

76 — Boîte à priser.

77 — Deux divinités en grès de Chine.

78 — Deux flambeaux en marbre blanc et bronze doré à deux lumières. Epoque Empire.

79 — Fontaine d'applique en marbre veiné. Epoque Louis XV.

80 — Groupe en bois : la Mise au tombeau.

81 — Quatre petits sujets en bois polychrome : les Quatre Saisons.

82 — Pendule d'époque Empire, en biscuit et bronze doré surmontée d'une statuette de femme tenant un fuseau.

83 — Deux motifs décoratifs en bois sculpté : vases et fleurs.

84 — Chien en bronze.

85 — Vierge en bois.

86 — Pendule Empire en acajou.

87 — Deux Vierges en bois sculpté.

88 — Quatre statuettes en faïence polychrome.

89 — Christ en pierre.

90 — Statuette d'Hercule en ivoire.

91 — Potiche en faience de Delft bleu.

92 — Deux pots à tabac en grès.

93 — Vierge en faïence polychrome.

94 — Chimère en faïence.

95 — Petit vase en faience de Delft bleu, décor au Chinois.

96 — Deux assiettes en faience de Delft.

97 — Trois assiettes en porcelaine du Japon décor en bleu.

98 — Assiette en ancienne faïence de Delft à décor polychrome.

99 — Deux statuettes en porcelaine.

100 — Deux flambeaux Empire.

101 — Harnachement Louis XV.

102 — Cadre Louis XIV en bois sculpté.

103 — Cadre Louis XIV en bois sculpté.

104 — Pendule d'applique Louis XIV en marqueterie d'écaille et de cuivre.

105 — Brûle-parfums en bronze du Japon.

106 — Plafonnier de style Louis XVI en bronze doré à trois lumières.

107 — Plafonnier en fer forgé à cinq lumières électriques.

108 — Lanterne d'antichambre en fer forgé.

109 — Lustre en bronze nickelé, à quatre lumières électriques.

110 — Garniture de cheminée en porcelaine décorée, composée d'une pendule et deux candélabres à quatre lumières.

111 — Paire de vases en porcelaine de Chine, décor à personnages et paysages.

112 — Plaquette en bronze : Jeanne d'Arc, signé CHAPON de la Maison BARBEDIENNE.

113 — Trois paires de vitraux et trois impostes.

114 — Lionne en bronze par CARTIER.

115 — Statuette japonaise : Le Marchand de poissons.

116 — Statuette japonaise : Artisan.

117 — Groupe japonais : Marchands de poissons.

118 — Statuette japonaise : Poisson avec déesse.

119 — Statuette japonaise : Artisan.

120 — Groupe de deux personnages japonais.

121 — Pendulette-réveil en bronze doré, à attributs de musique et mascaron et surmontée d'un groupe allégorique.

122 — Jardinière en Satzuma à scènes de personnages, monture en bronze doré.

123 — Tapis Aubusson décor polychrome, fleurs dans des médaillons.

Dimensions : 4m37 sur 4 mètres.

MEUBLES ANCIENS & MODERNES

SIÈGES

124 — Petite table tric-trac en bois de rose, ornée de bronzes ; dessus mobile à décor de damier, tiroirs sur les côtés ; jetons verts et blancs. Signée L. BOUDIN. En partie d'époque Louis XV.

(Voir Reproduction).

125 — Deux fauteuils Empire en acajou.

126 — Table à jeu anglaise en acajou.

127 — Deux bergères Directoire.

128 — Petite commode demi-lune Louis XV, en acajou garnie de bronzes.

129 — Commode demi-lune Louis XVI en acajou garnie de bronzes.

130 — Encoignure en acajou Louis XVI garnie de bronzes.

131 — Fauteuil Louis XV.

132 — Petit bureau bonheur-du-jour en noyer.

133 — Fauteuil marquise. Époque Louis XV.

134 — Quatre chaises flamandes en bois naturel.

135 — Deux tables de nuit en chêne.

136 — Trois fauteuils à médaillons. Époque Louis XVI.

137 — Deux fauteuils Louis XV en bois noir, recouverts d'étoffe.

138 — Trois fauteuils Louis XVI laqués blanc.

139 — Grand bureau cylindre en acajou, garni de bronzes. Époque Louis XVI.

140 — Deux petits meubles d'enfants chiffonniers à tiroirs et colonnettes.

141 — Table de nuit Louis XVI en acajou.

142-143 — Deux tables à jeu Louis XV à marqueterie de damiers.

144 — Psyché Louis XV en acajou.

145 — Table d'architecte en acajou garnie de bronzes. Époque Louis XVI.

146 — Coiffeuse Louis XVI en cerisier, à décor de marqueterie.

147 — Petite table de nuit en chêne.

148 — Petite table demi-lune Louis XVI en acajou.

149 — Grande commode demi-lune en acajou à rideaux sur les côtés. Époque Louis XVI.

150 — Commode demi-lune Louis XVI en acajou avec ceinture bronze.

151 — Console Louis XV ajourée, laquée blanc et dorée.

152 — Encoignure Louis XVI en acojou.

153 — Petit bureau à abattant à décor de marqueterie de fleurs.

154 — Grande commode demi-lune en bois de rose, à trois tiroirs et deux portes sur les côtés, dessus en marbre. Epoque Louis XVI.

Long. avec marbre : 1ᵐ3o.

155 — Petit pupitre à musique en acajou reposant sur trois pieds et formant guéridon. En partie d'époque Louis XVI.

156 — Secrétaire en bois de rose à abattant et à tiroirs. Signé PETIT. Epoque Louis XVI.

157 — Encoignure Louis XVI en acajou à marqueterie de fleurs.

158 — Deux fauteuils Louis XV en bois naturel.

159 — Deux petites banquettes Louis XIII recouvertes de tapisserie.

160 — Grand secrétaire Louis XVI à abattant et décor de damier au centre et sur les côtés.

161 — Encoignure Louis XV en acajou.

162 — Table Louis XVI en chêne.

Long. : 1 m.

163 — Commode en acajou, à dessus de marbre ; époque Louis XVI.

164 — Console Louis XV laquée blanc avec dessus marbre.

165 — Petite pannetière Louis XVI.

166 — Lutrin en chêne.

167 — Table de nuit Louis XVI en acajou.

168 — Bureau cylindre Louis XVI en acajou.

Loug. : 1 m.

169 — Table de nuit à rideau en noyer.

170 — Commode Louis XVI en acajou à trois tiroirs et pieds cannelés, ornée de bronzes.

171 — Secrétaire Directoire en acajou.

172 — Commode anglaise à filets de cuivre avec incrustations de marqueterie.

173 — Table de nuit à rideaux en acajou.

174 — Table Louis XV en acajou à un tiroir.

175 — Piano en Palissandre " Brú ".

176 — Petite table de chevet en bois de rose, portes à coulisses et de dessus de marbre. Style Louis XVI.

177 — Commode en thuya Louis XV à deux tiroirs, dessus en marbre.

178 — Secrétaire Louis XVI en marqueterie, abattant à paysage, dessus en marbre et garni de bronzes.

179 — Table à ouvrage en acajou, de forme ovale, à compartiments mobiles.

180 — Table Louis XV en marqueterie, à cinq tiroirs, pieds en bronzes.

181 — Commode Louis XV à deux tiroirs, garnie de bronzes dorés, dessus en marbre.

182 — Ecran en bois doré, style Louis XVI, à deux feuilles en tapisserie d'Aubusson.

183 — Petite banquette Louis XVI en noyer sculpté recouverte de tapisserie.

184 — Tabouret en bois sculpté recouvert de tapisserie.

185 — Tabouret en bois sculpté recouvert d'un fragment de tapisserie.

186 — Bureau plat de style Louis XV en marqueterie de bois, dessus cuir, garni de bronzes ciselés.

187 — Vitrine de forme galbée en marqueterie, motifs en bronzes. Style Louis XV.

188 — Armoire en chêne sculpté à panier fleuri, feuillages et attributs de musique dans des médaillons.

189 — Objets omis.